Scénario
ANGE
Dessin
Philippe BRIONES
Couleurs
Stéphane PAITREAU

LA GESTE
Des Chevaliers Dragons

TOME 2 AKANAH

Une série créée par Ange et Alberto Varanda.

soleil

Merci à Philippe pour avoir relevé le défi.
Merci à Stéphane pour avoir réalisé un exploit.

Merci à Mourad, à Jean et à l'équipe Soleil.

Merci à Sylvain qui s'y colle pour le prochain.
Merci à Étienne qui a failli s'y coller pour celui-là. Mais pour un prochain, pourquoi pas ?

Et merci à Alberto, Laurent, Louis et Dominique, qui,
chacun à leur façon unique, ont rendu possible cet album.

Ange

Nul ne sait pourquoi les dragons apparaissent.
Leur seule présence déforme la réalité, les hommes, les bêtes.
À mesure que le dragon vieillit, le voile maléfique
qui émane de lui croît, lui aussi.
Les humains l'appellent le Veill.
Seules les vierges peuvent le traverser sans danger...
Seules les vierges peuvent approcher la bête pour la tuer.
Ainsi a été créé l'Ordre des Chevaliers Dragons.

Soleil Productions
15, Boulevard de Strasbourg
83000 Toulon - France

Bureaux parisiens
25, rue Titon - 75011 Paris - France

Maquette : Studio Soleil
D'après une conception graphique de Didier Gonord

Dépôt légal décembre 2003 - ISBN : 2 - 84565 - 574 - 6

Ilmpression : PPO Graphic - Palaiseau - France

AU SECOURS !
AU SECOURS !
ALLEZ !
TOI, LA FILLE... MARCHE VERS L'OUEST... MANGE DES RACINES... QUAND TU ATTEINDRAS LA VILLE... L'ORDRE DES CHEVALIERS DRAGONS... SURVIVANTE... PRÉCISE QUE TU ES VIERGE...
UNE DERNIÈRE CHOSE...
... SI TON FRÈRE COMMENCE À CHANGER... TUE-LE.
N'AIE PAS PEUR, BRYN. JE NE TE QUITTERAI PAS.
IL NE T'ARRIVERA RIEN, JE TE LE PROMETS.
TUE-LE...

TUE-LE...
TUE-LE...
TUE-LE...
TUE-LE...
TUE-LE...
TUE-LE...
TUE-LE...
TUE-LE...
2.

ENCORE CE CAUCHEMAR...
BRYN... C'EST TOI QUI NE ME QUITTES PAS...
BONG
COUVREZ-VOUS, CHEVALIER. IL FAIT FROID DANS CES REGIONS.
NE VOUS INQUIÉTEZ PAS. JE NE SUIS PAS TRÈS FRILEUSE...
3

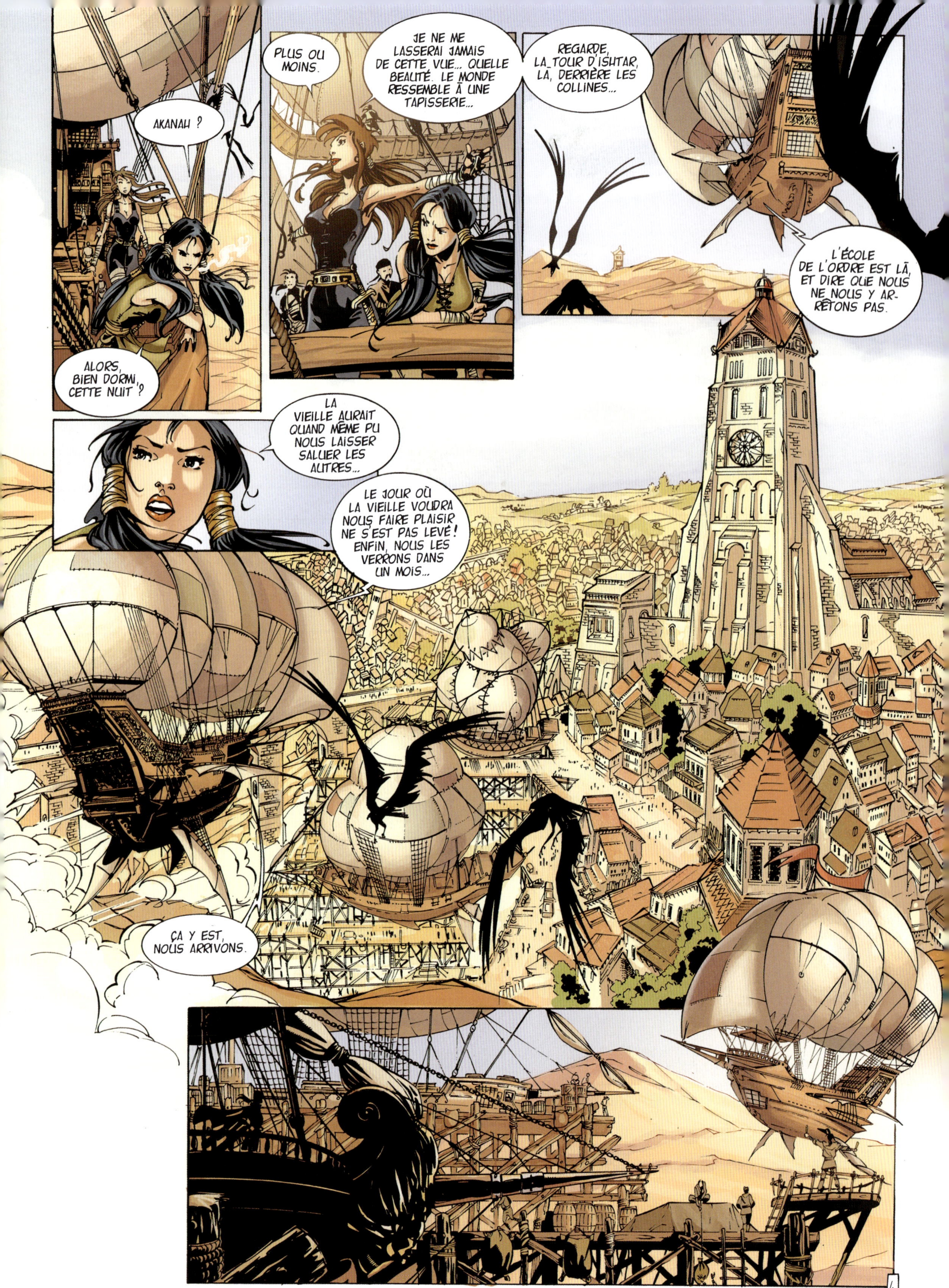
AKANAH ?
ALORS, BIEN DORMI, CETTE NUIT ?
PLUS OU MOINS.
JE NE ME LASSERAI JAMAIS DE CETTE VUE... QUELLE BEAUTÉ. LE MONDE RESSEMBLE À UNE TAPISSERIE...
REGARDE, LA TOUR D'ISHTAR, LÀ, DERRIÈRE LES COLLINES...
L'ÉCOLE DE L'ORDRE EST LÀ, ET DIRE QUE NOUS NE NOUS Y ARRÊTONS PAS.
LA VIEILLE AURAIT QUAND MÊME PU NOUS LAISSER SALUER LES AUTRES...
LE JOUR OÙ LA VIEILLE VOUDRA NOUS FAIRE PLAISIR NE S'EST PAS LEVÉ ! ENFIN, NOUS LES VERRONS DANS UN MOIS...
ÇA Y EST, NOUS ARRIVONS.
4

JE SERAI DE RETOUR DEMAIN MATIN. QUAND REPARTONS-NOUS ?
DEUX HEURES APRÈS LE LEVER DU SOLEIL. NE SOYEZ PAS EN RETARD, CHEVALIER, NOUS NE POURRIONS PAS VOUS ATTENDRE.
NE VOUS INQUIÉTEZ PAS... AH, LES VOILÀ !
VOUS EN AVEZ MIS, DU TEMPS, MESDEMOISELLES.
JE VAIS DESCENDRE À L'ÉCOLE DE L'ORDRE POUR PARLER À LA HAUTE-MÈRE... ELLE A DES LETTRES À ME DONNER POUR LE DOGE.
PROFITEZ-EN POUR FAIRE VOS EXERCICES. ET NE BOUGEZ PAS DU BATEAU. JE SERAI REVENUE À L'AUBE.
SOYEZ PRUDENTE. LES RUES DE LA VILLE NE SONT PAS SÛRES.
VOUS VOUS FAITES TROP DE SOUCI POUR MOI, CAPITAINE.
J'ÉTAIS À LA PASSE DE BRISKEN...
...J'AI AFFRONTÉ DES DRAGONS, CE NE SONT PAS DES TRUANDS DE RUELLES QUI VONT ME FAIRE PEUR.
"J'ÉTAIS À LA PASSE DE BRISKEN, J'AI AFFRONTÉ DES DRAGONS..." NON MAIS TU L'AS ENTENDUE ? QUI CROIT-ELLE IMPRESSIONNER AVEC SON BARATIN ? CE PAUVRE CAPITAINE ?
ON NOUS A TOUJOURS RÉPÉTÉ QUE RARES ÉTAIENT LES CHEVALIERS QUI SURVIVAIENT À LEUR PREMIER DRAGON. ET ELLE EN AURAIT AFFRONTÉ PLUSIEURS ?
ET PUIS BRISKEN, ELLE DEVAIT ÊTRE ENFANT À CETTE ÉPOQUE-LÀ...
ELLE NOUS PREND VRAIMENT POUR DES IMBÉCILES. APRÈS DE TELS EXPLOITS, ELLE ENSEIGNERAIT DANS LES ÉCOLES, ELLE NE SERAIT SÛREMENT PAS DIPLOMATE...
... À PEINE PLUS QU'UNE MESSAGÈRE...
ALORS, QUE FAIT-ON ? DES EXERCICES ? JE NE ME SENS PAS D'HUMEUR À FRAPPER DES BOUTS DE BOIS INNOCENTS...
TU PLAISANTES, J'ESPÈRE. ON ATTEND QUE LA NUIT TOMBE ET ON VA SE FAIRE UN TOUR EN VILLE.
5.

TAC
CHUT !
ALORS ? PAR OÙ COMMENCE-T-ON ?
PAR UNE TAVERNE, COMME D'HABITUDE.
HÉ, L'AMI !
CONNAÎTRIEZ-VOUS UNE TAVERNE OÙ ON S'AMUSE ? CES RUES PARAISSENT BIEN MORTES...
EH BIEN, IL Y A LE CHEVAL DE FEU, À GAUCHE, MAIS...
... DEMOISELLES, SI VOUS ME PERMETTEZ... VOUS NE DEVRIEZ PAS ÊTRE DEHORS À CETTE HEURE, SURTOUT DANS CETTE TENUE...
OÙ SONT VOS PARENTS ?
TRÈS LOIN ! MERCI DE VOTRE CONSEIL, L'AMI !
C'EST PARTI !
6.

UNE BOUTEILLE DE VOTRE MEILLEUR VIN, JEUNE HOMME. ACCOMPAGNÉE DE VOTRE PLUS JOLI SOURIRE...
DEMOISELLES, NE VOUS ATTARDEZ PAS ICI. NOUS N'AVONS QUE DES HOMMES DANS LA SALLE, ET JE NE PEUX GARANTIR...
PUISQU'IL Y A DE LA MUSIQUE, AUTANT EN PROFITER !
M'ACCORDEREZ-VOUS CETTE DANSE, MONSEIGNEUR ?
DE LA DANSE ! BONNE IDÉE ! PLUS FORT, FILLETTE, JOUE-NOUS QUELQUE CHOSE D'ENTRAÎNANT !
IL EST CLAIR QUE TU AS BESOIN DE COMPAGNIE, MA JOLIE. ÇA TOMBE BIEN, JE SUIS LÀ.
IL FAUT QUE TU SACHES, L'AMI, QUE CONTRAIREMENT AUX APPARENCES, JE SUIS VENUE CHERCHER LA BAGARRE.
REMONTE TES MAINS, ET TU VERRAS...
HOU-LÀ, LA BAGARRE... JE TREMBLE !
REMONTER MES MAINS ?
COMME ÇA ?
PARFAIT.
KRONK !
7

AAAGGHH...
HÉ...!
CRAK
SALE PETITE TEIGNE...
OH, QUELLE HORREUR ! CES RIBAUDS VEULENT VIOLENTER MON AMIE ! JE VOUS EN SUPPLIE, MONSEIGNEUR, VOLEZ À SON SECOURS !
C'EST ELLE QUI LES VIOLENTE, PETITE GARCE ! QUI ÊTES-VOUS ? DES SORCIÈRES ?
TU NE M'ES VRAIMENT D'AUCUNE UTILITÉ...
ESPÈCES DE ...
HÉ !
PAS DE ÇA ICI !
LÂCHE-MOI, TOI !
CRAC
TCHLING
J'APPELLE ÇA DU TRAVAIL BIEN FAIT.
CRAC
KLANG
BOOM
CHRAC
ET LA NUIT NE FAIT QUE COMMENCER !

NOUS SOMMES EN RETARD ...
SI LA VIEILLE EST ARRIVÉE, NOUS SOMMES FICHUES !
DEMOISELLES ?
VOUS ÊTES DÉJÀ SORTIES DE VOS CHAMBRES, DEMOISELLES ? J'ALLAIS JUSTEMENT VOUS CHERCHER...
LE CHEVALIER ORIS EST SUR LE PONT. ELLE VOUS FAIT MANDER.
AH... MESDEMOISELLES, ENFIN.
AVEZ-VOUS BIEN DORMI ?
TRÈS BIEN, JE VOUS REMERCIE, CHEVALIER.
ET VOS EXERCICES ?
NOUS LES AVONS EFFECTUÉS AVEC NOTRE RIGUEUR HABITUELLE, CHEVALIER.

PARFAIT.
JE NE VOULAIS PAS QUE VOUS MANQUIEZ CE SPECTACLE. IL EST NÉCESSAIRE À VOTRE INSTRUCTION.
CE SONT DES PRÊTRES D'AMAN...
EN EFFET. VOUS SAVEZ, MESDEMOISELLES, QUE L'ORDRE DES CHEVALIERS DRAGONS ET LES RESPECTÉS SERVITEURS D'AMAN ONT PARFOIS CERTAINES DISSENSIONS...
COMME DIRAIT LA HAUTE-MÈRE : "LES SAGES RESPECTENT CE QU'ILS NE PEUVENT OBTENIR, MAIS LES FOUS LE JALOUSENT..."
LA HAUTE-MÈRE NE PARLAIT PAS DES SERVITEURS D'AMAN... MAIS LA CITATION EST BIEN CHOISIE, ÉLÉANOR.
AVANT L'AVÈNEMENT DE NOTRE ORDRE, LES PRÊTRES AVAIENT LA HAUTE MAIN SUR LES AFFAIRES RELIGIEUSES.
ILS L'ONT TOUJOURS... NOTRE ORDRE NE SE MÊLE PAS DE POLITIQUE.
AKANAH, TU APPRENDRAS QU'UN ACTE PUBLIC, QUEL QU'IL SOIT, EST TOUJOURS POLITIQUE.
INTERVENIR DANS UN ROYAUME, MÊME POUR TUER UN DRAGON, EST UN CHOIX POLITIQUE. NOTRE POUVOIR NOUS DONNE DE L'INFLUENCE...
10
TROP, AU GOÛT DE CERTAINS.
AUSSI ESSAYENT-ILS D'ÉCHAPPER À CETTE LOI NATURELLE...
... PAR TOUS LES MOYENS.
JAN, LE VAISSEAU VA BIENTÔT PRENDRE LES AIRS : JE N'AI PAS LE TEMPS DE PRONONCER LE DISCOURS OFFICIEL.
NOUS NOUS EN PASSERONS. TU SAIS COMME JE SUIS HEUREUX ET FIER DE TE REMETTRE CE TALISMAN. IL A ÉTÉ CONÇU PAR LES PLUS PUISSANTS MAGICIENS ET BÉNIT PAR AMAN LUI-MÊME POUR TE PROTÉGER DES EFFETS DU VEILL, ET NOTRE DIEU TE FAIT UN GRAND HONNEUR EN TE PERMETTANT D'ÊTRE LE PREMIER À LE PORTER.
VA, MON ENFANT, PASSER SOUS LE SOUFFLE DU DRAGON. TU PORTES AVEC TOI L'ESPOIR DE TOUT UN MONDE...

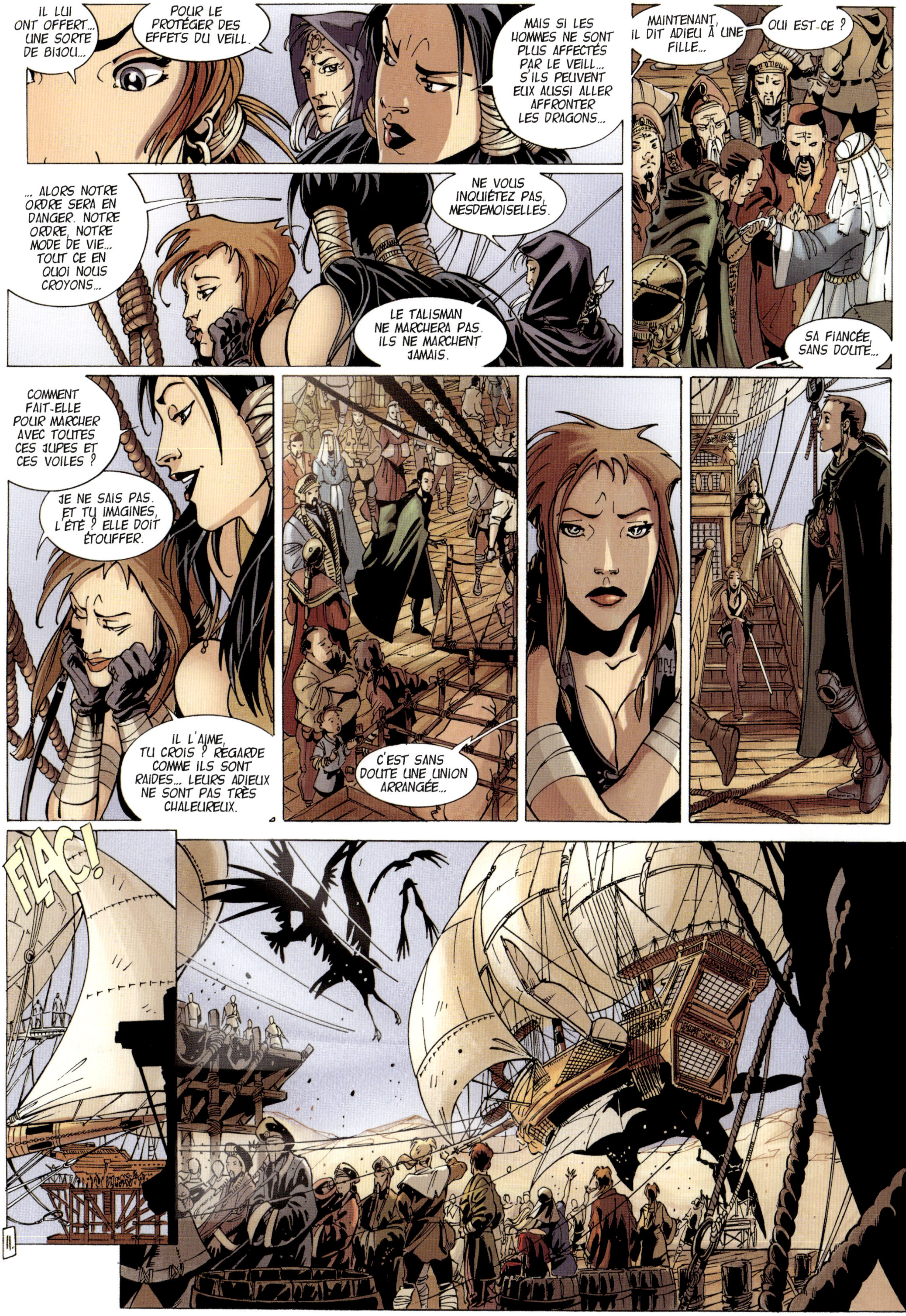
IL LUI ONT OFFERT... UNE SORTE DE BIJOU...
POUR LE PROTÉGER DES EFFETS DU VEILL.
MAIS SI LES HOMMES NE SONT PLUS AFFECTÉS PAR LE VEILL... S'ILS PEUVENT EUX AUSSI ALLER AFFRONTER LES DRAGONS...
MAINTENANT, IL DIT ADIEU À UNE FILLE...
QUI EST-CE ?
... ALORS NOTRE ORDRE SERA EN DANGER. NOTRE ORDRE, NOTRE MODE DE VIE... TOUT CE EN QUOI NOUS CROYONS...
NE VOUS INQUIÉTEZ PAS, MESDEMOISELLES.
LE TALISMAN NE MARCHERA PAS. ILS NE MARCHENT JAMAIS.
SA FIANCÉE, SANS DOUTE...
COMMENT FAIT-ELLE POUR MARCHER AVEC TOUTES CES JUPES ET CES VOILES ?
JE NE SAIS PAS. ET TU IMAGINES, L'ÉTÉ ? ELLE DOIT ÉTOUFFER.
IL L'AIME, TU CROIS ? REGARDE COMME ILS SONT RAIDES... LEURS ADIEUX NE SONT PAS TRÈS CHALEUREUX.
C'EST SANS DOUTE UNE UNION ARRANGÉE...
FLAC !

HÉ !
BOOM
HÉ... ATTENTION, VOUS M'AVEZ...
ÇA BRÛLE...
OH, PAUVRE PETIT...
ON A PEUR D'UN PETIT PEU DE SOUPE ? ON SE SENT TOUT SEUL SANS LA PROTECTION DE L'ORDRE D'AMAN ?
IL FAUT CROIRE QUE LE TALISMAN NE PROTÈGE PAS DE TOUT...
MAIS... QUE... QUI EST-CE ?
LES DEUX FILLES, LÀ-BAS ?
MOI AUSSI... JE PASSE MON TEMPS À LES REGARDER.
DES APPRENTIES CHEVALIERS DRAGONS. DES VRAIES. DE L'ÉCOLE D'ISHTAR.
DES GUERRIÈRES. ELLES SONT BELLES, HEIN ?

... NON, LE VAISSEAU FERA D'ABORD ESCALE À MONELLES, AU PIED DES PICS. SI LES NOUVELLES VOUS INQUIÈTENT, VOUS POURREZ TOUJOURS DESCENDRE À CE MOMENT AVEC VOTRE FAMILLE. MAIS LE VEILL N'A PAS...
... OUI ?
CHEVALIER, JE VOUS SALUE. MON NOM EST JAN D'AERIS, PRÊTRE CARTOGRAPHE DE L'ORDRE D'AMAN, ÉLÈVE DU HAUT BÉNI LAOS.
PUIS-JE ME JOINDRE À VOUS ? JE VIENS D'AVOIR VENT DE VOTRE PRÉSENCE À BORD, ET JE SUIS CURIEUX DE SAVOIR QUELLE EST VOTRE MISSION...
MAIS JE VOUS EN PRIE, JAN. ASSEYEZ-VOUS.
JE PARLAIS JUSTEMENT DES PICS, ET DU VEILL. JE SUIS ENVOYÉE PAR L'ORDRE DES CHEVALIERS DRAGONS AUPRÈS DU DOGE DE PIERRANNE POUR NÉGOCIER L'APPLICATION DE QUELQUES ANCIENS TRAITÉS.
MES ORDRES DATENT, BIEN ENTENDU, D'AVANT L'ÉMERGENCE DU DRAGON AU NORD DES PICS. LE VOYAGE EST SOUDAIN DEVENU... PLUS INTÉRESSANT. MAIS, JE LE RÉPÈTE, JE NE PENSE PAS QUE LE VEILL ATTEINDRA PIERRANNE.
TROIS DE NOS MEILLEURS CHEVALIERS SONT PARTIES À LA RENCONTRE DU DRAGON. J'AI CONFIANCE. ELLES TUERONT LA BÊTE AVANT QUE LE VEILL N'ATTEIGNE LA VILLE...
QUANT À VOUS, JAN, SI MES INFORMATIONS SONT EXACTES... VOUS ALLEZ JUSTEMENT À LA RENCONTRE DU VEILL.
JE ME TROMPE ?
OUI... NON... VOUS NE VOUS TROMPEZ PAS, JE...
CE N'EST PAS UN SECRET. JE SUIS ENVOYÉ PAR L'ORDRE D'AMAN POUR CARTOGRAPHIER... POUR LA PREMIÈRE FOIS... LES CHANGEMENTS APPORTÉS PAR LE VEILL...
ET VOUS SEREZ PROTÉGÉ PAR LE TALISMAN.
OUI.
MESDEMOISELLES... PUIS-JE... PUIS-JE VOUS OFFRIR QUELQUE CHOSE À BOIRE ?
UNE AUTRE FOIS, PEUT-ÊTRE.
13

POURQUOI LUI AVEZ-VOUS PARLÉ ? C'EST NOTRE ADVERSAIRE !! NOTRE ENNEMI !!!
CE N'EST PAS SA FAUTE. LES PRÊTRES LE MANIPULENT.
DE TOUTE MANIÈRE, IL EST CONDAMNÉ...
LÀ ! ELLES SONT PASSÉES PAR LÀ !!
LES DEUX TEIGNES !!
OÙ SONT-ELLES ? PAR OÙ SONT-ELLES PASSÉES ?
LES DEUX TEIGNES ?
AUCUNE IDÉE. MOI, JE N'AI RIEN VU...
RIEN DU TOUT.
PAR LÀ !
VITE ! ENTREZ !
CLAC

JE N'ENTENDS RIEN...
JE CROIS QU'ILS SONT PARTIS...
MERCI.
ILS AURAIENT FINI PAR NOUS RATTRAPER...
QUE LEUR AVEZ-VOUS VOLÉ ?
UN TONNELET DE RHUM... QU'EUX-MÊMES ONT DÉROBÉ CE MATIN DANS LA CABINE DU CAPITAINE.
SI BIEN QU'ILS NE PEUVENT PAS NOUS DÉNONCER SANS RISQUER LEUR PLACE...
BON. ON GOÛTE ?
DU RHUM ? MAIS JE N'AI... JE N'AI JAMAIS...
QUOI ? BU D'ALCOOL ?
EH BIEN ...
NE SERAIT-IL PAS TEMPS DE COMMENCER ?
... ET LÀ, C'EST LA CONSTELLATION DE L'ENFANT. ELLE SYMBOLISE L'IDÉALISME, L'AVENTURE.
MAIS SI VOUS DÉCIDEZ DE LA RELIER À L'ÉTOILE BLEUTÉE, ICI, À L'OUEST, SA SIGNIFICATION CHANGE... VOYEZ, EN RELIANT LE CENTRE À LA NOUVELLE ÉTOILE, ON TRACE ALORS LA RUNE DE LA TÉMÉRITÉ ET DU REGRET.
TOUT A UN SENS. ET UN AUTRE, AUSSI, PLUS SOMBRE.
ET CE NE SONT PAS QUE LES ÉTOILES... LA SILHOUETTE DES MONTAGNES, LE TRACÉ DES FLEUVES, LES TACHES SOMBRES DE LA FORÊT SUR LA PLAINE... TOUT A UNE SIGNIFICATION.
LE MONDE RACONTE UNE HISTOIRE. ET NOUS N'AVONS QU'À OUVRIR LES YEUX POUR LA LIRE...
...OUAIS. IL RESTE DU RHUM ?
TU AIMES CE QUE TU FAIS. ÇA S'ENTEND. LA PASSION VIBRE DANS TA VOIX.
OUI. J'AI ÉTÉ ÉLEVÉ DANS L'AMOUR DES CARTES, DES PAYSAGES. LE MONDE EST SI...
... IMMENSE. ÉTRANGE. SURPRENANT.
LE CARTOGRAPHIER, C'EST Y PRENDRE PART... LE DÉCOUVRIR, LE TRADUIRE...
... ET LA TRADITION, DANS MA FAMILLE, VEUT QUE...
ENCORE ? MAIS J'EN AI DÉJÀ BU TROIS FOIS...
NE T'INQUIÈTE PAS.
CE N'EST QUE DU RHUM. ÇA NE PEUT PAS TE FAIRE DE MAL...
15.

AAAAHH
MA TÊTE...
MONELLES ? DÉJÀ ?
OUI, LES VENTS NOUS ONT ÉTÉ FAVORABLES.
LA PLUPART DES PASSAGERS VONT DESCENDRE, ET NOUS ALLONS CONTINUER AVEC UN ÉQUIPAGE RÉDUIT.
QUE DES VOLONTAIRES.
DES VOLONTAIRES ? POURQUOI ?
NOUS VENONS DE RECEVOIR DES NOUVELLES PAR KALAS MESSAGER. LE VEILL A ATTEINT PIERRANNE.
LES TRANSFORMATIONS ONT DÉJÀ COMMENCÉ. LA VILLE EST UN VÉRITABLE ENFER.
MESDEMOISELLES, VOUS ÊTES AU COURANT ?
OUI. LE VEILL.
J'AI DE LA FAMILLE LÀ-BAS, JE N'AI PAS LE CHOIX. ET CERTAINS PASSAGERS, COMME LE CHEVALIER ORIS, ONT PAYÉ TRÈS CHER POUR ÊTRE AMENÉS À PIERRANNE, QUELS QUE SOIENT LES RISQUES.
JE DOIS CONTINUER.
LE CHEVALIER ET SES DEUX ÉLÈVES NE SERONT PAS AFFECTÉES... LEUR FÉMINITÉ ET LEUR VIRGINITÉ LES PROTÈGENT... MAIS POUR VOUS... IL EST ENCORE TEMPS DE DESCENDRE.
JEUNE HOMME, JE SAIS QUE LE TALISMAN EST CENSÉ VOUS PROTÉGER. MAIS... IL EST ENCORE TEMPS...
NON.
JE RESTE.
16

DESCENDS, JE T'EN SUPPLIE... DESCENDS... IL EST ENCORE TEMPS...
JE M'EN FICHE, DE CET ARGENT... NOUS EN AVONS BIEN ASSEZ COMME ÇA...
QUE FERAIS-JE, MOI... SEULE AVEC NOTRE FILS, SI TU NE REVIENS PAS ?
JE REVIENDRAI, EYMELINE. JE REVIENDRAI, JE TE LE PROMETS. EN QUELQUES JOURS, LE VEILL N'AURA PAS LE TEMPS DE FAIRE EFFET...
ET NOUS N'AURONS PAS DEUX FOIS UNE TELLE OCCASION...
IL FAIT FROID, D'UN COUP...
C'EST L'ALTITUDE. PLUS NOUS MONTONS VERS PIERRANNE, PLUS LA TEMPÉRATURE VA CHUTER.
ALLEZ VOUS COUVRIR, AKANAH. VOTRE VIRGINITÉ VOUS PROTÈGE CONTRE LE VEILL, PAS CONTRE LE MAL DES BRONCHES...
J'Y VAIS...
C'EST ÉTRANGE... DE VOIR LE PONT DÉSERT AINSI...
MESSIRE ?
17

VOUS ÊTES LE PRÊTRE, C'EST ÇA ? DE L'ORDRE D'AMAN ?
OUI... C'EST MOI...
VOTRE TALISMAN ? COMBIEN LE VENDEZ-VOUS ?
MON TALISMAN ? NON...
JE VOUS EN OFFRE MILLE TAHLES...
JE SUIS NAVRÉ, MAIS JE...
... ET CETTE PIERRE. C'EST UNE GEMME D'AMYROS PURE, ELLE VAUT UNE PETITE FORTUNE...
NON. JE SUIS DÉSOLÉ.
C'EST HORS DE QUESTION.
CE TALISMAN APPARTIENT À L'ORDRE D'AMAN. JE NE LE VENDRAI PAS.
BIEN. JE COMPRENDS.
JE NE RISQUAIS RIEN À ESSAYER, HEIN ?
SI VOUS LE GARDEZ SI PRÉCIEUSEMENT, C'EST QUE VOUS DEVEZ ÊTRE SÛR DE SON POUVOIR...
NOUS SOMMES ENTRÉS DANS LE VEILL IL Y A MOINS D'UNE HEURE.
IL Y A DÉJÀ DES DÉFORMATIONS EN SURFACE. QUELQUES ARBRES, DES ANIMAUX.
ET ÇA NE FAIT QUE COMMENCER.
C'EST DE NOTRE FAUTE.
PARDON ?
DE LA FAUTE DE L'ORDRE. DE NOTRE ORDRE.
LE CHEVALIER ELWEN. SI ELLE AVAIT TUÉ LA BÊTE À TEMPS... SI ELLE N'AVAIT PAS ÉCHOUÉ, LE VEILL N'AURAIT PAS ATTEINT PIERRANNE...
NOUS IGNORONS ENCORE SI ELWEN A ÉCHOUÉ. ELLE A PEUT-ÊTRE SIMPLEMENT ÉTÉ RETARDÉE.
NOUS AURONS DES NOUVELLES EN VILLE.
CHEVALIER ORIS... EXPLIQUEZ-MOI... COMBIEN DE TEMPS LES EFFETS DU VEILL METTENT-ILS À SE MANIFESTER ?
VOULEZ-VOUS VRAIMENT SAVOIR, CAPITAINE ?

J'AI QUELQUES ROUGEURS SUR LE BRAS QUI ME DÉMANGENT DEPUIS TOUT À L'HEURE... CE N'EST SANS DOUTE RIEN, MAIS... DITES-MOI TOUT.
LES EFFETS DU VEILL SONT TRÈS VARIABLES. CERTAINS SONT AFFECTÉS EN QUELQUES HEURES... LES DÉFORMATIONS PEUVENT ÊTRE PHYSIQUES, MENTALES, SE DÉCLENCHER TOUT D'UN COUP...
... POUR D'AUTRES, LE PROCESSUS PEUT ÊTRE EXTRÊMEMENT LENT. IL EXISTE QUELQUES CAS, TRÈS RARES, DE SUJETS QUI ONT MIS PLUSIEURS SEMAINES AVANT D'ÊTRE TOUCHÉS...
SI VOUS RESSORTEZ VITE DE LA ZONE, QUI SAIT, CAPITAINE... VOUS SURVIVREZ PEUT-ÊTRE.
HA ! EH BIEN, CHEVALIER, VOUS SAVEZ COMMENT RÉCONFORTER UN HOMME...
GONG
VLAM
HÉ ! DOUCEMENT... NE...
BONG BONG

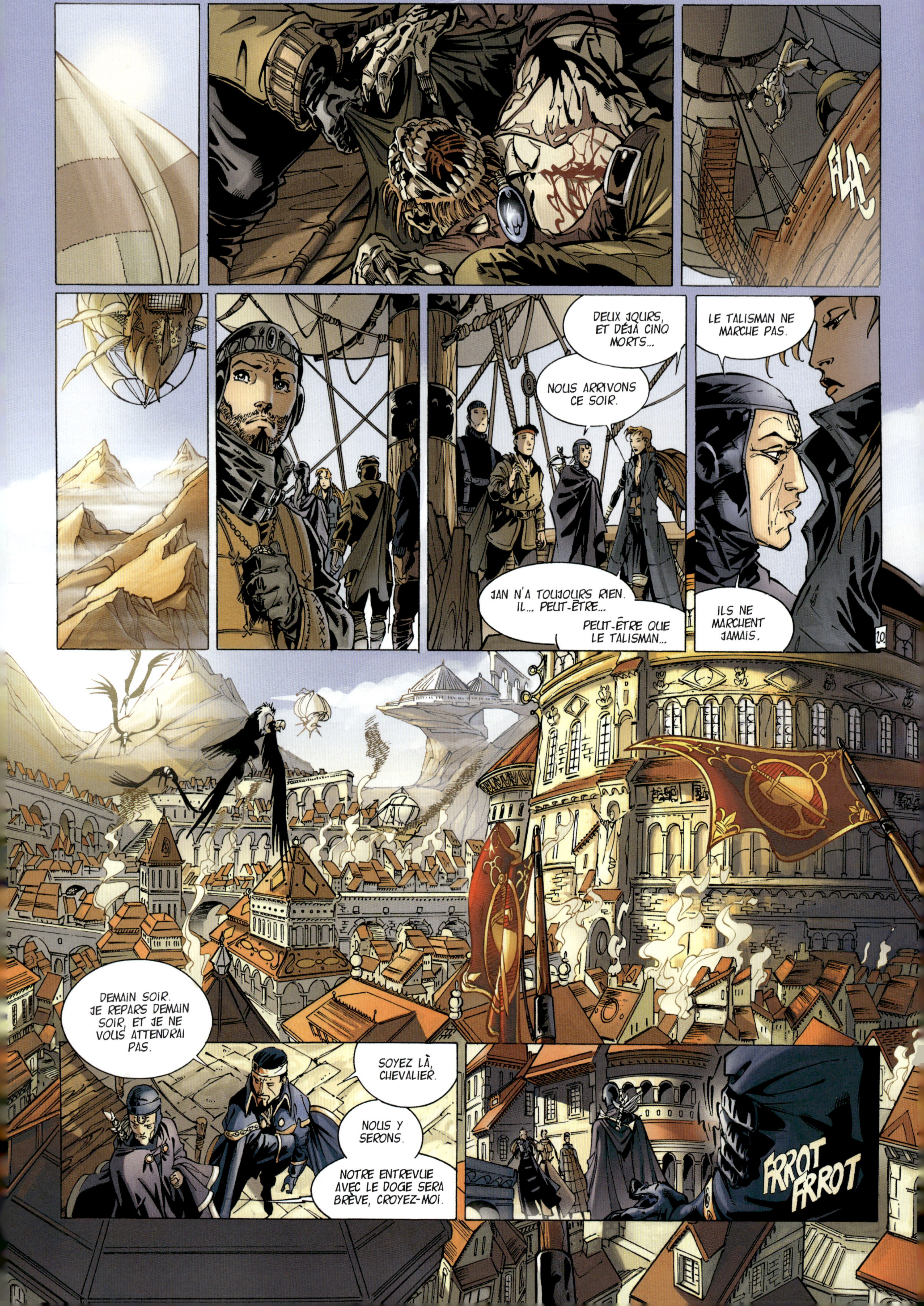
FLAC
DEUX JOURS, ET DÉJÀ CINQ MORTS...
NOUS ARRIVONS CE SOIR.
JAN N'A TOUJOURS RIEN. IL... PEUT-ÊTRE...
PEUT-ÊTRE QUE LE TALISMAN...
LE TALISMAN NE MARCHE PAS.
ILS NE MARCHENT JAMAIS.
DEMAIN SOIR. JE REPARS DEMAIN SOIR, ET JE NE VOUS ATTENDRAI PAS.
SOYEZ LÀ, CHEVALIER.
NOUS Y SERONS.
NOTRE ENTREVUE AVEC LE DOGE SERA BRÈVE, CROYEZ-MOI.
FRROT FRROT

OÙ ALLONS-NOUS, CHEVALIER ORIS ?
CHEZ UNE AMIE.
CHLING
VITE, VITE...
ENTREZ...
DEPÊCHEZ-VOUS... LES RUES NE SONT PAS SÛRES, DEHORS...
LA PLUPART DES HABITANTS ONT RÉUSSI À QUITTER LA VILLE DANS LES PREMIERS JOURS, MAIS LES DEUX ROUTES DES MONTS SONT MAINTENANT BLOQUÉES PAR LES MONSTRES ET LES BRIGANDS...
POUR TOUT ARRANGER, LES ROYAUMES DU SUD ONT FERMÉ LEURS FRONTIÈRES. DEPUIS, PIERRANNE A SOMBRÉ DANS LA FOLIE. LE SANG COULE À FLOTS, LES CADAVRES S'ENTASSENT...
JE VOUS AI PRÉPARÉ DU THÉ.
ENTRE, ORIS. JE TE PRÉSENTE LALAÏ, MA NIÈCE. C'EST ELLE QUI A FAIT LES GÂTEAUX.
ET LE DOGE ? QUE FAIT-IL POUR RÉTABLIR L'ORDRE ?
RIEN. IL S'EST ENFERMÉ DANS SON PALAIS ET REFUSE D'EN SORTIR.
DE TOUTE MANIÈRE, IL SERAIT IMPUISSANT.
LA PLUPART DES HABITANTS IGNORENT LA VÉRITABLE NATURE DU VEILL. LEURS RÉACTIONS SONT IRRATIONNELLES.
BEAUCOUP SE CLOÎTRENT CHEZ EUX, SURVEILLANT LA NOURRITURE ET LA BOISSON, ÉLIMINANT IMPITOYABLEMENT CEUX QUI SONT TOUCHÉS, COMME SI LE VEILL ÉTAIT UNE MALADIE CONTAGIEUSE.
21.
D'AUTRES VIOLENT LES FILLES À PEINE PUBÈRES, PENSANT QUE FAIRE L'AMOUR AVEC UNE VIERGE LES PROTÉGERA DES DÉFORMATIONS DU VEILL...
DES BANDES DE DÉSESPÉRÉS AFFAMÉS SILLONNENT LES RUES ET LES PONTS, PILLANT ET TUANT SUR LEUR PASSAGE.
LES RUMEURS LES PLUS FOLLES COURENT SUR LE DRAGON QUI HANTE LES PICS... ON DIT QUE LE VEILL EST PLUS VIRULENT QUE D'HABITUDE, LES MONSTRUOSITÉS PLUS IMMONDES...
ENFIN, MOI, JE M'EN FICHE. JE NE SUIS PAS AFFECTÉE, FORCÉMENT.
ORIS, ALLEZ, PRENDS UNE TARTELETTE ! ELLES SONT TOUTES FRAÎCHES.

JE TE REMERCIE, VIALA. DE TES TARTELETTES, ET DE TON HOSPITALITÉ... MAIS IL FAUT QUE NOUS ALLIONS VOIR LE DOGE, ET LE PLUS TÔT SERA LE MIEUX. NOUS REVIENDRONS DORMIR ICI CE SOIR...
MESDEMOISELLES...
HÉ !!
NE TOUCHE PAS À ÇA ! C'EST À MOI !
ALLEZ, AKANAH, LE DOGE NOUS ATTEND...
OUF...
CLANG
À CE SOIR ! SOYEZ PRUDENTS !
À CE SOIR !
QUEL EST VOTRE NOM, CHEVALIER ?
JAN.
ET JE NE SUIS PAS CHEVALIER.
JAN, VOUS AVEZ DE BEAUX YEUX !!
HI, HI, HI, HI !
ENCORE DEUX CADAVRES.
DES GARDES, JE PENSE.
ILS PORTENT LE BLASON DE PIERRANNE...

IL N'Y A QUE DES MORTS, DANS CE PALAIS.
VENEZ ! PAR LÀ-BAS !
LES PORTES DE L'OFFICE SONT OUVERTES !
MESSIEURS, ATTENDEZ !! LA VIOLENCE EST INUTILE !!
JE REPRÉSENTE L'ORDRE DES CHEVALIERS DRAGONS, ET NOUS SOMMES ICI EN MISSION OFFICIELLE. VOICI MES LETTRES DE CRÉANCE.
NOUS VENONS VOIR LE DOGE. IL DOIT NOUS ACCORDER AUDIENCE.
UNE AUDIENCE ? MAIS...
JE CRAINS QUE NOUS N'AYONS PAS LE CHOIX.
CAPITAINE !
TAISEZ-VOUS, SOLDAT.
JE VOUS EN PRIE, ENTREZ, CHEVALIER.

VOTRE GRANDEUR ?
VOTRE GRANDEUR, JE SUIS ORIS, CHEVALIER DRAGON, ET JE REPRÉSENTE ICI L'ORDRE D'ISHTAR.
PERMETTEZ-MOI D'ABORD DE VOUS ASSURER DE LA PROFONDE DOULEUR OÙ NOUS PLONGE LA SITUATION DE VOTRE CITÉ. CROYEZ QUE LE CHEVALIER ELWEN FAIT TOUT POUR ABATTRE LA BÊTE, ET QUE NOTRE CONFIANCE EN SA VALEUR EST IMMENSE...
...QUANT À MOI, JE SUIS ICI POUR VOUS APPORTER LES TRAITÉS RÉDIGÉS PAR MON ORDRE, LES TRAITÉS D'ORDRE ÉCONOMIQUE PRINCIPALEMENT, QUI VOUS PARAÎTRONT PEUT-ÊTRE UN PEU SUPERFLUS EN CES TEMPS TROUBLÉS, MAIS QUI...
...TRAITÉS...
...TRAITÉS... JOLIS TRAITÉS...
...MAIS OUI...
...OUI, EUH...
NON...
LES TRAITÉS ONT DES PATTES QUI COURENT PARTOUT SUR LE CORPS ET LAISSENT DE PETITES MARQUES...
LES PETITES MARQUES COURENT SUR LES MURS ET RENTRENT DANS LES YEUX DES CADAVRES...
EH BIEN, JE...
OH, VRAIMENT ?
LES CADAVRES ONT DES VERS ET LES VERS SONT DÉLICIEUX ET LES ORBITES EXPLOSENT QUAND LA MARÉE MONTE...
SANS AUCUN DOUTE.
QUAND L'EAU SERA VERTE, LE SANG ÉTOUFFERA ET CEUX QUI RIRONT LES DERNIERS SERONT LA DERNIÈRE...
MÉLIFLORE DANSE SANS SON VENTRE ET SON VENTRE EST POURRI ET L'ENFANT LE DÉVORE...
BIEN DIT.

VOILÀ VOILÀ.
DONC, MÉLIFLORE. TRÈS BIEN.
PARFAIT.
JE VOUS REMERCIE DE CET ENTRETIEN INSTRUCTIF, VOTRE GRANDEUR, ET JE VOUS QUITTE À REGRET...
...SANS OUBLIER DE VOUS LAISSER LES TRAITÉS...
VEUILLEZ RECEVOIR NOS ADIEUX...
CRUNCH CRUNCH
MUNCH MUNCH
...ABSURDE... PERTE DE TEMPS...
...RIDICULE DE LA PART DE L'ORDRE DE NE PAS NOUS FAIRE REBROUSSER CHEMIN...
...TOUT CE TEMPS ET CETTE ÉNERGIE PERDUS ALORS QU'IL Y A TANT À FAIRE...
...LE VEILL... CETTE FOLIE... CETTE VIOLENCE...
C'EST ÇA QUI M'ATTEND, HEIN ? SI LE TALISMAN NE MARCHE PAS ? DEVENIR FOU COMME LUI, BAVER...
...COMME LUI ? C'EST ÇA, HEIN ?
TU LE SAIS, TOI, QUE LE TALISMAN NE MARCHE PAS ?
UN VRAI GÂCHIS ! ET AVEC DEUX NOVICES QUE JE DOIS TRAÎNER, AUSSI INNOCENTES QUE DES POULICHES NOUVELLES-NÉES...
HÉ !
JE VAIS PASSER AU BATEAU, VOIR S'ILS ONT DES NOUVELLES... RETOURNEZ CHEZ VIALA, TOUT DE SUITE, SANS TRAÎNER !! JE VOUS RETROUVE DEMAIN MATIN !!
TU LE SAIS QUE JE VAIS FINIR COMME LUI !! TU LE SAIS QUE JE VAIS MOURIR !!
ALLEZ !!
25

LÂCHE-MOI !
MAIS ÇA NE VA PAS ? TU ES FOU OU QUOI ?
TU...
HEU... MADEMOISELLE...
MADEMOISELLE L'APPRENTIE CHEVALIER...
MADEMOISELLE...
RÉVEILLEZ-VOUS...
HEIN ? QUOI ?
MADEMOISELLE... C'EST VOTRE AMI... JAN...
JAN ? QUOI ?
IL EST PARTI... IL A CLAQUÉ LA PORTE ... IL EST SORTI...
IL EST SEUL... C'EST LA NUIT, ET...
... IL NE DEVRAIT PAS... LES MONSTRES SONT PARTOUT... LA VILLE DEVIENT FOLLE APRÈS LE COUCHER DU SOLEIL...
PAR OÙ EST-IL PARTI ?
JE NE SAIS PAS... PAR LÀ...
LE FOU. IL EST DÉJÀ MORT...
26

RÉVEILLE ÉLEANOR !!
HÉ, UN NOUVEAU CLIENT...
VOUS ÊTES AU BON ENDROIT, MONSEIGNEUR... JE VOIS QU'ON VOUS A PARLÉ DE NOS BAINS DE JOUVENCE...
JE SUPPOSE QUE PYLAS VOUS A DONNÉ L'ADRESSE...
LES FILLETTES QU'IL Y A ICI SONT DES VIERGES CERTIFIÉES... J'AI MOI-MÊME VÉRIFIÉ LA PRÉSENCE DE L'HYMEN.
NON ! MAMAN !! MAMAN !!!
L'UNION CHARNELLE AVEC UNE VIERGE VOUS PROTÉGERA PENDANT SEPT JOURS DE L'INFLUENCE DU VEILL. AU BOUT DES SEPT JOURS, IL VOUS FAUDRA REVENIR, MAIS NE VOUS INQUIÉTEZ PAS, MES LIVRAISONS SONT RÉGULIÈRES.
NON !! JE NE VEUX PAS !! MAMAN !! VIENS ME CHERCHER !! MAMAN !!!
LA DÉFLORATION VOUS COÛTERA LA SOMME, TOUT À FAIT RAISONNABLE ÉTANT DONNÉ LES CIRCONSTANCES, DE TROIS CENTS CERCLES D'OR...
MAMAN !!
AH NON, MON JEUNE AMI. CELLE-LÀ, ELLE EST POUR MOI. PRENDS PLUTÔT SA SOEUR, ELLE...
NE LA TOUCHE PAS !
CRASH

JAN ?!?
AAAAAAAAAH AAAAAAAAAAAAAH !!
NE LA TOUCHE PAS ! NE LA TOUCHE PAS ! NE LA TOUCHE PAS !
MAIS TU ES FOU !!! TU ES FOU !!
AU FOU !! AU SECOURS !!
NE LA TOUCHE PAS! NE LA TOUCHE PAS !!
AAARGL!
JAN ?!?
CRASH
28
FWOOSH

NE BOUGE PAS, MA CHÉRIE... C'EST FINI, MAINTENANT...
PAR LES DIEUX...
JE VAIS ALLER CHERCHER QUELQU'UN...
JE VAIS ALLER CHERCHER QUELQU'UN...
...QUI VA VOUS EMMENER EN LIEU SÛR...
C'EST FINI, MAINTENANT.
C'EST FINI.
C'EST FINI.
29

PAR LES DIEUX, VOUS ÊTES VIVANTS... J'ÉTAIS SI INQUIÈTE...
TOUT VA BIEN. IL EST À PEINE BLESSÉ.
VOUS AVEZ MA HACHE...
OUI. JE VOUS DEMANDE PARDON.
J'AI QUITTÉ MA CHAMBRE SI VITE QUE J'AVAIS OUBLIÉ MON ÉPÉE. ALORS, J'AI PRIS VOTRE HACHE...
TENEZ.
IL FAUT PANSER TES BLESSURES...
NON... AKANAH... ÉCOUTE-MOI...
SI NOUS SURVIVONS À CETTE FOLIE... JE VEUX T'ÉPOUSER.
JE VAIS ROMPRE MES FIANÇAILLES ET T'ÉPOUSER. VIVRE AVEC TOI. NE JAMAIS TE QUITTER.
SI TU VEUX... SI TU VEUX BIEN...
SI TU VEUX...
30

AKANAH, ORIS EST EN BAS ET ELLE...
TU N'AS... TU N'AS PAS...
TU N'AS PAS COUCHÉ AVEC LUI ?!
BIEN SÛR QUE NON ! J'AI DORMI AVEC LUI.
PERDRE MA VIRGINITÉ EN PLEIN VEILL... TU ME PRENDS POUR UNE IDIOTE OU QUOI ?
ÇA S'EST VU.
LES IMBÉCILES NE MÉRITENT PAS DE VIVRE.
MAIS JE VAIS ÉPOUSER JAN. QUAND NOUS SERONS SORTIS D'ICI.
QUOI ?!
MOINS FORT ! JE NE VEUX PAS QU'ORIS ENTENDE. JE LUI ANNONCERAI QUAND NOUS SERONS REVENUES À ISHTAR.
MAIS ÇA NE VA PAS ?! ABANDONNER L'ORDRE ? TU ES FOLLE ?...
TU VEUX FINIR ENFERMÉE PAR TON MARI DANS UNE IMMONDE BARAQUE, AVEC CINQ ENFANTS ACCROCHÉS À TES BASQUES ? À LAVER LES CARREAUX ET NETTOYER LE VOMI DES INVITÉS ?...
PEUT-ÊTRE !! ET ALORS ?!? C'EST TOUJOURS MIEUX QUE DE FINIR VIEILLE, SEULE ET FOLLE, DANS UNE MAISON CROULANTE, À MANGER DES TARTELETTES !!! TU VEUX FINIR COMME ELLE ? COMME NOTRE HÔTESSE, LÀ, EN BAS ?!
NON. PARCE QUE JE SERAI MORTE AVANT.
JE SAIS CE QUI M'ATTEND. MOURIR JEUNE. EN SAUVANT CEUX QUE J'AI JURÉ DE PROTÉGER.
ÉLÉANOR ! AKANAH !
34

EH BIEN, PEUT-ÊTRE QUE MOI JE NE SUIS PAS DU PARTI DE LA MORT.
PEUT-ÊTRE QUE JE CROIS EN L'AMOUR.
PEUT-ÊTRE QUE JE CROIS EN LA VIE.
LES NOUVELLES SONT CATASTROPHIQUES.
ELWEN EST MORTE, TUÉE PAR LE DRAGON. LES TROIS CHEVALIERS QUI L'ACCOMPAGNAIENT SONT MORTES ÉGALEMENT. IL RESTE UNE SURVIVANTE, UNE ÉCUYÈRE... TROP BLESSÉE POUR CONTINUER.
LE CAPITAINE A REÇU LES NOUVELLES À L'AUBE, PAR KALAS MESSAGER.
LES SOEURS DE LA VENGEANCE SONT EN ROUTE, MAIS ELLES ARRIVERONT TROP TARD. LE VEILL S'ÉTEND MAINTENANT TRÈS VITE.
MONELLES VA ÊTRE TOUCHÉE, PUIS LES AUTRES VILLES DU SUD. LE DRAGON AURA FAIT TROP DE MORTS. IL SERA DEVENU TROP PUISSANT.
J'AI DÉCIDÉ QUE NOUS IRIONS L'AFFRONTER.

BONJOUR.
BONJOUR.
QUEL EST LE SIGNE QUE LA JOURNÉE COMMENCE MAL ? QUAND UN MORCEAU DE LA CHAIR DE VOTRE BRAS RESTE ATTACHÉ À VOS ONGLES ?
JE NE VOUS ACCOMPAGNE PAS, CETTE FOIS. JE N'AI PAS DE TALISMAN MAGIQUE, MOI. LE DRAGON ME DÉTECTERAIT AUSSITÔT.
VOUS N'AURIEZ PAS DÛ VENIR DANS CETTE VILLE. VOUS AURIEZ DÛ RESTER À MONELLES.
QUI D'AUTRE VOUS AURAIT RECRUTÉ UN ÉQUIPAGE DE FILLES VIERGES ?
JE NE VOUS GARANTIS PAS QU'ELLES SERONT COMPÉTENTES, MAIS AU MOINS ELLES NE TOMBERONT PAS EN MORCEAUX...
MAIS VOUS AVIEZ LE CHOIX DE...
PARFOIS LE CHOIX N'EST PAS ENTRE VOS MAINS.
PARFOIS LE CHOIX SE FAIT SANS NOUS.
ET PARFOIS, ENSUITE, LE DESTIN VOUS FAIT UN SIGNE, POUR INDIQUER QUE VOUS AVEZ PRIS LE BON CHEMIN.
JE L'ATTENDS ENCORE.
33

SI JAN EST AFFECTÉ PAR LE VEILL... S'IL N'EST PAS PROTÉGÉ PAR LE TALISMAN... LE DRAGON LE DÉTECTERA. IL METTRA NOTRE MISSION EN DANGER.
TU LE SAIS.
OUI.
ET TU SAIS CE QUE TU AURAS À FAIRE.
OUI. MAIS JE PENSE QUE LE TALISMAN FONCTIONNE.
JAN N'EST TOUJOURS PAS AFFECTÉ PAR LE VEILL. ET CELA FAIT DES JOURS.
JE SUPPOSE QUE TU AS RAISON. ORIS SE TROMPE, LE TALISMAN FONCTIONNE.
C'EST UNE MAUVAISE NOUVELLE POUR L'ORDRE...
JE ME FICHE DE L'ORDRE.
plaine haute
TU VOIS, LÀ, AU SUD-EST... LE VEILL A TORDU LE PAYSAGE.
LES FLEUVES ONT CHANGÉ DE COURS, LES MONTAGNES CROISSENT, LE ROCHER SE FEND, SE TORTURE...
Fleuve d'Ambras
... QUOI QU'IL ARRIVE, LE DRAGON AURA CHANGÉ LE MONDE POUR TOUJOURS. IL AURA CHANGÉ LA RÉALITÉ POUR TOUJOURS...
34

RIEN NE SERA PLUS COMME AVANT...
IL EST QUELQUE PART. JE LE SENS. PROCHE, MAIS PAS ENCORE...
... PAS ENCORE LÀ.
... MAIS TOUT PROCHE.
VOUS ÊTES DES NOVICES. VOUS N'ÊTES PAS PRÊTES POUR CE COMBAT...
... MAIS IL VA FALLOIR RÉUSSIR QUAND MÊME.
SI VOUS ATTENDIEZ AUTRE CHOSE COMME DISCOURS, VOUS ALLEZ ÊTRE DÉÇUES. PARCE QUE C'EST TOUT CE QUE J'AI À VOUS DIRE.
VOUS CONNAISSEZ LE PLAN. TOUT EST PRÉVU, AU BATTEMENT DE CŒUR PRÈS.
UNE SEULE ERREUR FERAIT TOUT ÉCHOUER.
ON RÉPÈTE ENCORE UNE FOIS.
DEPUIS LE DÉBUT.

IL EST PROCHE.
AKANAH...
VIENS VOIR...
ON DIRAIT...
...QUE C'EST LÀ LE CENTRE DE TOUT...
...LÀ OÙ TOUT A COMMENCÉ...
C'EST COMME SI QUELQUE CHOSE AVAIT EXPLOSÉ AU-DESSUS DU PLATEAU...
...QUELQUE CHOSE DE TRÈS PUISSANT...
LE DRAGON. C'EST LÀ QU'IL A DÛ APPARAÎTRE, IL Y A QUELQUES SEMAINES... AU-DESSUS DE CE PLATEAU...
C'EST INCROYABLE, AKANAH...
NOUS SOMMES AU POINT LE PLUS PUISSANT DU VEILL...
TUE-LE...
36

TUE-LE...
TUE-LE...
SLIKT
TUE-LE...
TUE-LE...
TUE-LE...
ATTENTION !
BOOM

SNAP
SNAP
VLAM
CHRAC
AKANAH !!!
KLANG

FFFFFFFFF
ÉLÉANOR !!
CHRIINK
RUMMBL
CRRRRR
PAR ICI !!
ORIS !! IL FAUT METTRE LE DRAGON EN POSITION POUR ORIS !!
C'EST FICHU, MAINTENANT !!
NON !!
SNAP
IL FAUT...
CHRAC
PAR ICI !!
HÉ !! LA BÊTE !!
PAR ICI !!!
39.

CHRUM
TCHAC
TCHAC
RUMPF?
CRAC
SKREEEEE
WOOD
SLASH
SLASH
CH-RAAK
SKREEEEEEEEEEEEE
40

CHRRRIIIT
SKREE...
SLACH
CRAC
NON...
...PAS...
... MAINTENANT !
AAAAAAAAAAAAAAAAHHH !
AKANAH !!
CRAAACH
RROMMPFF

LES BALLONS !
LES BALLONS INTACTS !!
... LES LIBÉRER !!
TCHING
IL FAUT
LES LIBÉRER !!
CHTAK
SKREEEEE
BROOM
CRAAC
SLASH
CLOP
PRENDS
MA MAIN !!
ÉLÉANOR !
FICHE-MOI
LA PAIX !!
JE N'AI
BESOIN DE...
BOOM
... PERSONNE !

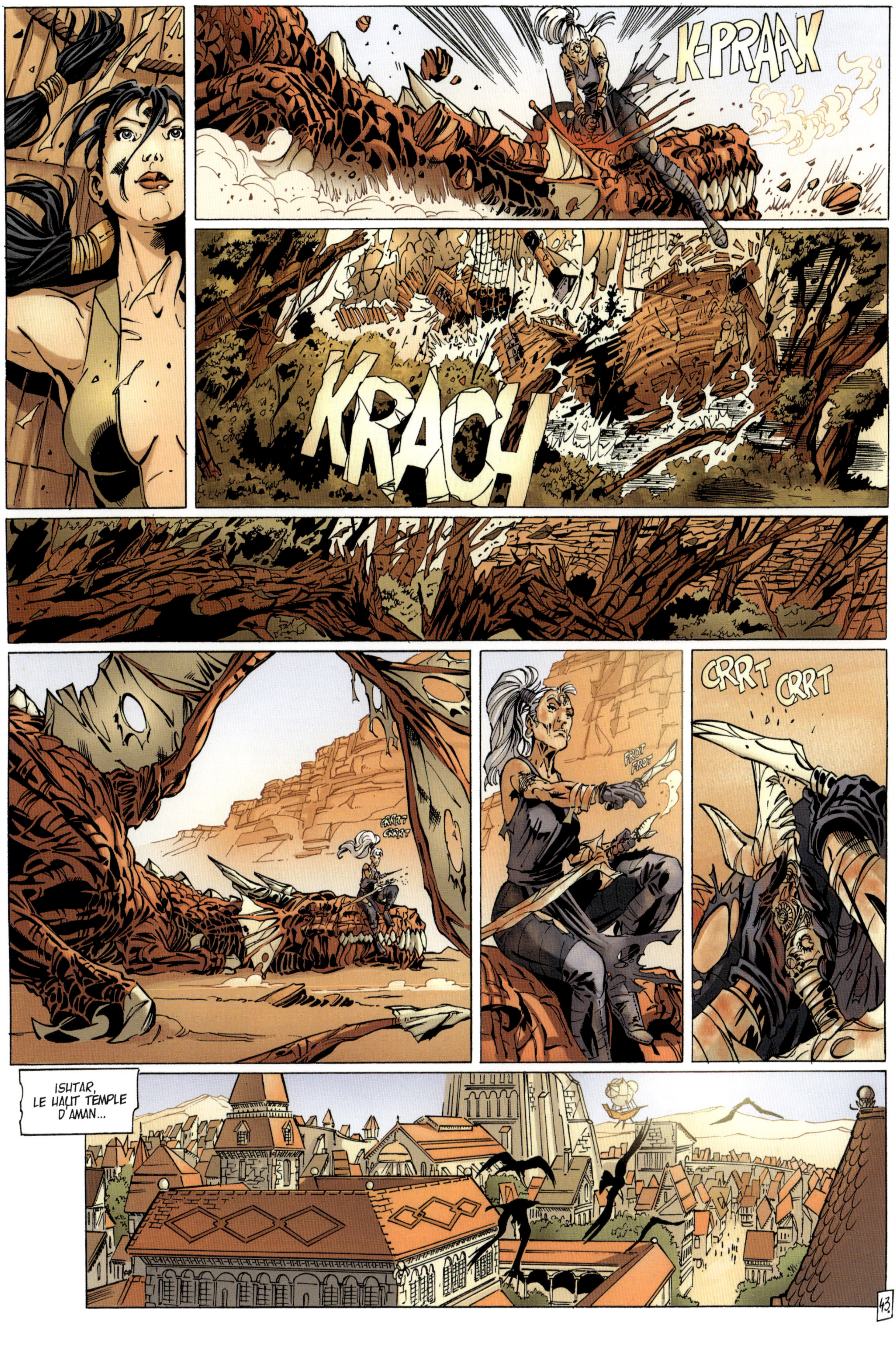
K-PRAAK
KRACH
CRRT CRRT
FROT FROT
CRRT CRRT
ISHTAR, LE HAUT TEMPLE D'AMAN...
43

JAN... ENFIN...
PAR AMAN... TON VISAGE...
MON FILS... MON PAUVRE FILS...
TENEZ, PÈRE.
LE TALISMAN.
JE CROIS... JE PENSE... QUE SON EFFICACITÉ EST À RÉÉTUDIER...
JE SAIS.
QUOI ?...
JE SAIS. NOUS LE SAVIONS TOUS, QU'IL N'Y AVAIT AUCUNE CHANCE QUE LE TALISMAN FONCTIONNE, QU'IL N'Y AVAIT *PRESQUE* AUCUNE CHANCE POUR QU'IL FONCTIONNE...
TOUS CES ESSAIS AU FIL DES SIÈCLES... TOUS CES PENDENTIFS, CES TATOUAGES, CES RITUELS, QUI ONT TOUJOURS ÉCHOUÉ... TOUS CES MORTS...
ET POURTANT, ILS VOULAIENT CONTINUER... POUR DES RAISONS POLITIQUES... ILS AVAIENT BESOIN D'UN COBAYE...
C'EST POUR CELA QUE JE NE SUIS PAS VENU LE JOUR DE TON DÉPART... JE NE POUVAIS PAS...
... JE NE POUVAIS PAS TE REGARDER DANS LES YEUX EN SACHANT QUE TU PARTAIS À LA MORT...
PARDONNE-MOI, JAN... JE T'EN PRIE...
POURRAS-TU JAMAIS ME PARDONNER ?...

PÈRE, RELEVEZ-VOUS, JE VOUS EN PRIE... RELEVEZ-VOUS...
CE N'EST PAS VOTRE FAUTE... VOUS N'AVEZ FAIT QUE VOTRE DEVOIR...
REGARDEZ, JE SUIS VIVANT. J'AI SURVÉCU. N'EST-CE PAS CE QUI COMPTE ?
TU AS RAISON..., TU ES VIVANT... C'EST ÇA L'IMPORTANT...
PÈRE...
... MOI AUSSI J'AI QUELQUE CHOSE À VOUS DIRE.
J'AI RENCONTRÉ UNE FEMME. UNE JEUNE FILLE NOMMÉE AKANAH.
ELLE APPARTIENT À L'ORDRE DES CHEVALIERS DRAGONS. SA BEAUTÉ... SON COURAGE... ENFIN, VOUS VERREZ PAR VOUS-MÊME...
ELLE VA ABANDONNER SON ÉDUCATION POUR MOI.
JE VAIS L'ÉPOUSER.
C'EST IMPOSSIBLE.
LA FORTUNE FAMILIALE A ÉTÉ RÉDUITE À NÉANT PAR LES DERNIÈRES SÉCHERESSES, JAN. ET NOUS AVONS DES DETTES. LA VIE AU SERVICE D'AMAN EST PRESTIGIEUSE, MAIS ELLE ENTRAÎNE BEAUCOUP DE FRAIS.
TA FIANCÉE EST ISSUE D'UNE DES FAMILLES LES PLUS RICHES D'ISHTAR. SON ARGENT CONTRE TON TITRE, C'EST L'ARRANGEMENT PRÉVU.
SI TU VEUX QUE TA MÈRE NE SE RETROUVE PAS À LA RUE, QUE TES SOEURS AIENT UNE DOT SUFFISANTE POUR SE MARIER, TU DOIS CONCLURE CETTE ALLIANCE.
JE SUIS DÉSOLÉ.
À TON TOUR DE FAIRE TON DEVOIR, MON FILS.
... JAN D'AÉRIS, FILS DE SAIL, FILS DE NOROS, SERRE LA MAIN DE TA FIANCÉE ET RÉPÈTE LES PAROLES RITUELLES...
DE CETTE FILLE JE FAIS MA FEMME. DE CETTE FIANCÉE MON ÉPOUSE. MAËLLA, TON REGARD SE MÊLE AU MIEN, MA MAIN CONDUIRA LA TIENNE. ENSEMBLE, NOUS MARCHERONS SUR LE CHEMIN DES DIEUX.
DE CETTE FILLE JE FAIS MA FEMME, DE CETTE FIANCÉE MON ÉPOUSE.
MAËLLA, TON REGARD SE MÊLE AU MIEN, MA MAIN CONDUIRA LA TIENNE.
ENSEMBLE, NOUS MARCHERONS SUR LE CHEMIN DES DIEUX...
45.

PARFOIS LE CHOIX N'EST PAS ENTRE NOS MAINS. PARFOIS LE CHOIX SE FAIT SANS NOUS.
ET PARFOIS, ENSUITE, LE DESTIN VOUS FAIT UN SIGNE, POUR INDIQUER QUE VOUS AVEZ PRIS LE BON CHEMIN...
JE L'ATTENDS ENCORE.
AKANAH ?
JE SAVAIS QUE JE TE TROUVERAIS PRÈS DU TEMPLE AUJOURD'HUI.
JE... JE NE SUIS SORTIE QU'UN MOMENT. NE VOUS INQUIÉTEZ PAS, JE NE SERAI PAS EN RETARD À L'ENTRAÎNEMENT...
JE N'EN DOUTE PAS.
J'AI UN PRÉSENT POUR TOI.
DE LA PART DE VIALA. ELLE EST MAINTENANT TROP VIEILLE POUR SOULEVER UNE ARME, ET ELLE VOULAIT QUE CELLE-CI TE REVIENNE.
ELLE M'A DIT DE TE LA DONNER AU MOMENT VOULU.
ALLEZ, VIENS. TU ES ATTENDUE À L'ÉCOLE...
AKANAH ! AKANAH !
AKANAH, AKANAH, LES FILLES ONT PRÉPARÉ UNE FÊTE SECRÈTE DANS LE DORTOIR SUD CE SOIR, POUR FÊTER NOTRE VICTOIRE... LORISS A VOLÉ DIX BOUTEILLES DE LIQUEUR À L'OFFICE, ET NARAIN PENSE QU'ELLE VA POUVOIR S'INTRODUIRE DANS LE CELLIER ET RAMENER DEUX TONNELETS !
AKANAH, AKANAH...
AKANAH, AKANAH, JASIELLE A FAIT LE MUR HIER SOIR, ET POUR REVENIR IL PARAÎT QU'ELLE A DÛ S'ENTERRER DANS LA CHARRETTE DE FUMIER !
AKANAH, IL FAUT QUE TU VOIES LE NOUVEAU COSTUME DE LORISS. ELLE FAIT EXPRÈS DE SE PROMENER DEVANT LES ÉCURIES ET LES GARÇONS D'ÉTABLE ONT DIT QUE...
AKANAH, AKANAH
AKANAH, AKANAH
ALORS ? TU VIENS ?
J'ARRIVE...
ANGE - BRIONES 09-03